전학 온 첫날

SEOUL, 2008

전학 온 첫날

초판 제1쇄 발행일 2008년 2월 25일
초판 제40쇄 발행일 2022년 3월 20일
글·그림 미셸 에드워즈 옮김 장미란
발행인 박헌용, 윤호권 발행처 (주)시공사
주소 서울시 성동구 상원1길 22, 6-8층 (우편번호 04779)
대표전화 02-3486-6877 팩스(주문) 02-585-1247
홈페이지 www.sigongsa.com/www.sigongjunior.com

Pa Lia's First Day: A Jackson Friends Book
Copyright ⓒ 1999 by Michelle Edwards
All rights reserved.
Korean translation copyright ⓒ 2008 by Sigongsa Co., Ltd.
This Korean edition was published by arrangement with Harcourt, Inc.
through Shin Won Agency Co.

이 책의 한국어판 저작권은 Shin Won Agency를 통해
Harcourt, Inc.와 독점 계약한 (주)시공사에 있습니다. 저작권법에 의해
한국 내에서 보호받는 저작물이므로 무단 전재와 무단 복제를 금합니다.

ISBN 978-89-527-8689-0 74840
ISBN 978-89-527-5579-7 (세트)

*시공사는 시공간을 넘는 무한한 콘텐츠 세상을 만듭니다.
*시공사는 더 나은 내일을 함께 만들 여러분의 소중한 의견을 기다립니다.
*잘못 만들어진 책은 구입하신 곳에서 바꾸어 드립니다.

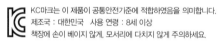
KC마크는 이 제품이 공통안전기준에 적합하였음을 의미합니다.
제조국 : 대한민국 사용 연령 : 8세 이상
책장에 손이 베이지 않게, 모서리에 다치지 않게 주의하세요.

전학 온 첫날

미셸 에드워즈 글·그림 | 장미란 옮김

시공주니어

차례

내 마음속에서, 그리고 프로그타운에서 가장 훌륭하신
다이크스트라 선생님, 포스터 선생님, 존슨 선생님,
키스 선생님, 샌퍼드 선생님에게 감사와 존경을 바치며.

그리고 꿈의 사서 캐롤 다이에게.

파 리아

파 리아 방은 길에 난 금을 폴짝폴짝 뛰어넘었어
요. 풀잎 사이로 꼬물꼬물 기어가는 개미 떼를 구
경하기도 했고요. 나무에 있는 고양이한테 내려오
라고 부르기도 했어요.

결국 오빠가 짜증을 냈어요.
"파 리아, 그만 좀 꾸물거
려."
파 리아는 걸음을 멈추
고 신발 끈을 고쳐 맸어요.
오빠가 소리쳤어요.
"빨리 오라니까!"
하지만 파 리아는 빨리 가고
싶지 않았어요. 오늘이 개학인
데, 파 리아는 이번에 잭슨 마
그넷 초등학교에 전학을
왔거든요.
처음 보는 아이들로
가득한 크고 낯선 학교에 간
다고 생각하니 파 리아는
발이 무겁고 다리가 뻣뻣

해졌어요. 페너시 담임 선생님을 만날 일을 생각 하니 입 안이 솜으로 콱 틀어 막힌 듯했어요. 혼자 교실 로 걸어 들어갈 생각을 하 면 마음속에서 수천 마리 나 비들이 웅웅 날아다니는 기분이 었고요.

　모든 아이들이 파 리아를 빤히 쳐다보겠지요?

　오빠는 파 리아를 교실 문 앞까지 데려다 주겠다고 약속했어요. 오빠는 파 리아보다 나이도 많고 몸집도 크고

씩씩했어요. 부끄럼 따위도 전혀 타지 않았지요.

파 리아는 걸음을 멈추고 안경을 닦았어요.
길 건너편에 커다랗고 붉은
벽돌 건물이 눈에 띄었어요.
바로 잭슨 마그넷 초등학
교였어요. 파 리아는 오
빠한테 바짝 다가갔어요.

오빠가 말했어요.

"길 건너자."

파 리아는 오빠 손을 꼭
잡았어요.

오빠가 말했어요.

"다 왔다."

파 리아는 또다시 걸음을 멈추고 신발 끈을 고쳐
맸어요. 나비 모양으로 천천히 묶었지요.

오빠가 화를 내며 말했어요.

"야, 너 때문에 나도 늦겠다. 당장 안 일어나면 혼자 가 버린다."

파 리아는 눈을 감고 길게 땋은 까만 머리를 힘껏 잡아당겼어요. 굶주린 호랑이 백 마리가 오빠한테 으르렁거렸으면 좋겠다고 생각했어요. 오빠가 빨리 오라고 그만 좀 닦달했으면 싶었지요.

'자기가 뭐라고 이래라저래라 잔소리야?'

파 리아는 눈을 떴어요. 그런데 오빠가 보이지 않는 거예요!

파 리아는 주위를 두리번거리며 찾아보았어요.

'학교 가는 첫날인데 어떻게 날 혼자 두고 가 버릴 수 있담?'

13

파 리아는 땋은 머리를 잘근잘근
씹었어요. 손톱도 물어뜯었어요.
'어떻게 혼자 교실을 찾아가지?'
파 리아는 운동장에 있는 아이들
을 바라보았어요. 걸어가는 아이
들, 버스에서 내리는 아이들, 자
동차에서 내리는 아이들. 아이
들은 하나같이 어디로 갈지 알
고 있었지요.
파 리아는 눈앞이 캄캄했어요.
드넓은 바다 속에 사는 작디작은
물고기가 된 것처럼요.

혼자서

잭슨 마그넷 초등학교는 아주 컸어요. 가파른 돌 계단을 올라가 널찍한 문으로 들어가면 어딘가에 파 리아의 교실이 있을 거예요.

파 리아는 돌계단을 올려다보았어요. 어린아이 들이 계단을 하나하나 찬찬히 올라가고 있었어요. 자기들끼리 소곤대고 키득거리며 갔지요.

'유치반 아이들이구나.'

 남자 아이 넷이 커다란 가방을
메고 걸어갔어요. 남자 아이들은
계단을 한꺼번에 두 개씩 뛰어
올라갔어요.

좀 더 나이 많은 여자 아이 셋
도 걸어갔어요. 파 리아가 살짝
엿보니까 여자 아이들은 껌을 씹
으며 큰 소리로 재잘재잘 떠들고 있었어요. 이 학
교를 백만 년쯤 다닌 듯 편안해 보였지요.

파 리아는 여자 아이들을 따라 계단을 올라갔어
요. 그러고는 여자 아이들 틈에 끼어서 문을 지나
갔어요. 쏜살같이 계단을 뛰어 올라가는 아이들을
쫓아가느라 파 리아는 숨을 헉헉 내쉬어야 했어요.

잭슨 마그넷 초등학교는 개학 날 냄새로 가득했
어요. 새 신발, 새 연필, 깨끗한 바닥 냄새가 풍겨
왔어요. 아이들이 와글와글 떠드는 소리가 울렸어

요. 학교는 온통 시끌벅적했지요.

파 리아는 천천히 몇 계단을 올라갔어요. 그러고
는 1층을 내려다보고 2층을 올려다보았어요. 파
리아는 가만히 서서 잠시 생각해 보았어요.

예전 학교에는 유치반과 1학년 교실과 2학년 교실이 모두 1층에 있었어요. 이 학교도 2학년 교실이 1층에 있을까요? 파 리아는 궁금했어요.

그때 누군가 소리쳤어요.

"야, 눈알 네.개! 비켜!"

파 리아는 급히 뒤돌아보다가 두 계단 아래로 넘어지고 말았어요. 한쪽 어깨에서 가방 끈이 흘러내렸어요. 무릎과 팔꿈치가 아팠어요.

파 리아는 눈물이 나올 것 같았어요.

캘리오프

"매튜 스턴, 그만둬, 이 멍청한 개구쟁이야!"

키 큰 금발 머리 여자 아이가 소리쳤어요. 여자 아이는 손을 내밀어 파 리아를 바닥에서 일으켜 주었어요.

"안녕. 내 이름은 캘리오프
제임스야."

파 리아는 캘리오프의
손을 잡고 일어났어요.

파 리아가 조그맣게 말했
어요.

"난 파 리아 방이라고 해."

"새로 전학 왔나 보구나.
한 번도 못 봤거든. 담임 선생님이 누구니?"

"페너시 선생님이야."

"나랑 같은 반이네. 매튜 스턴
도 같은 반이고. 저 녀석은 2학년
모두의 적 개구쟁이 스턴이야."

파 리아는 땋은 머리를 쪽쪽 빨
았어요. 개구쟁이 스턴, 다른 아이들을 놀리고 괴
롭히는 아이.

'2학년 모두의 적이랑 같은 반이 되다니.'

캘리오프가 말했어요.

"나랑 가장 친한 친구
하위도 같은 반이야. 너도
하위가 마음에 들 거야. 진
짜 좋은 애거든."

캘리오프는 미소를 지었
어요. 한쪽 뺨에 보조개가 있고 앞니 사이가 벌어
져 있었어요.

"교실에 같이 갈래?"

파 리아가 대답했어요.

"응."

둘은 계단을 올라가 길고 넓은 복도를 따라갔어
요. 캘리오프가 2학년 1반 교실 앞에서 걸음을 멈
추었어요.

캘리오프가 말했어요.

"여기가 우리 교실이야."

문 위에 '어서 오세요.'라고 쓰여 있었어요. 오빠 없이도 무사히 교실을 찾아온 거예요.

캘리오프가 말했어요.

"하위는 벌써 와 있을 거야. 버스가 늘 일찍 오거든."

파 리아는 안경을 똑바로 고쳐 썼어요. 손바닥이 땀으로 흠뻑 젖어 있었어요. 파 리아는 손을 옷에 슥슥 닦았어요.

'이제 하위를 만나는구나.'

파 리아는 숨을 크게 내쉬었어요.

하위

파 리아는 2학년 1반 교실을 빼끔 들여다보았어
요. 커다란 교실에 페너시 선생님과 많은 아이들이
있었어요. 캘리오프랑 같이 있어서 참 다행이에요.

"저기 하위가 있네."

캘리오프가 말하며 파 리아의 손을 잡았어요.
둘은 갈래 머리에 따스한 갈색
눈을 한 통통한 여자 아이한테
다가갔어요.

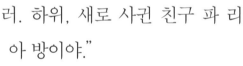

"파 리아, 나랑 가장 친한 친
구 하위디나 제럴디나 폴리나
맥시나 가디니어 스미스야. 그냥 짧게 하위라고 불
러. 하위, 새로 사귄 친구 파 리
아 방이야."

파 리아가 인사했어요.

"안녕, 하위."

하위는 꼭 안고 싶은 폭신폭
신한 곰 인형 같았어요. 파 리
아는 하위가 자기를 좋아해 주
길 바랐어요.

파 리아는 하위를 보고 활짝 웃어
주었어요.

하지만 하위는 웃지 않았어요.

"넌 나를 하위라고 부르지 마.
하워디나 제럴디나 폴리나 맥시
나 가디니어 스미스라고 불러."

하위는 이렇게 말하고는 가 버렸어요.

파 리아는 앞머리를 눈가에서 쓸어 올렸어요.

'하위는 나랑 친구가 되고 싶지 않
나 봐.'

"하위!"

캘리오프가 소리치며 하위를 따
라갔어요. 파 리아는 하위와 캘리오
프를 지켜보았어요.

캘리오프는 가방에서 작은 원숭이
인형을 꺼내어 하위에게 보여 주었

어요. 하위는 그 작은 원숭이 인형을
꼭 끌어안았어요. 그러고는 소리 내
어 웃으면서 도로 캘리오프에게 돌
려주었어요. 캘리오프도 웃으면서
원숭이 인형을 꼭 안았지요.
 파 리아도 그 원숭이 인
형을 안아 보고 싶었어요.
 '왜 하위랑 캘리오프는 나만 떼 놓
고 가 버린 걸까?'
 2학년 1반 교실은 시끌벅적했어요.
다들 재잘재잘 이야기하느라 바빴어
요. 파 리아만 빼고요.
 '또 외톨이가 됐구나.'

쿠키

"모두 조용히 하세요!"

페너시 선생님이 말했어요.

개학 첫날이 막 시작되고 있었어요.

페너시 선생님이 아이들에게 말했어요.

"여러분, 2학년이 된 것을 축하해요. 2학년은 유치반에 다니는 어린이나 1학년이 아니에요. 배울게 아주 많답니다. 그러니 2학년 때는 무척 열심히

35

공부해야 합니다."

페너시 선생님은 이어서 자리를 정해 주었어요. 하위와 캘리오프와 파 리아는 모두 창가에 앉았어요. 파 리아가 앞에 앉았고, 캘리오프가 그다음이었어요. 하위는 그 뒷자리였고요.

파 리아는 조용히 자기 자리에 가서 앉았어요.

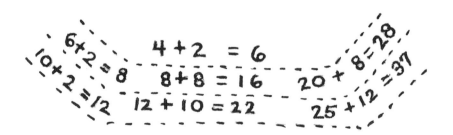

페너시 선생님이 말했어요.

"오늘부터 날마다 수학을 첫 시간에 공부할 거예요."

선생님은 어떤 수학을 배울지 가르쳐 주었어요.

$$6+2=8$$
$$10+2=12$$
$$4+2=6$$
$$8+8=16$$
$$12+10=22$$
$$20+8=28$$
$$25+12=37$$

파 리아는 설명을 들으면서 새
공책에다 온통 나비들을 그렸어요.

막 꽃을 그리려는데 하위
와 캘리오프가 소곤대는
소리가 들려왔어요. 파 리아
는 궁금해서 뒤를 돌아보았어요.

'내 얘기를 하는 걸까?'

하위가 쿠키 두 개를 캘리오프
에게 건네주었어요. 하지만
파 리아를 보고는 얼굴을 찌
푸리는 거예요. 캘리오프는
파 리아에게 쿠키를 전해 주
었어요.

그러고는 파 리아한테만 들리도록 살짝 말했어요.

"하위가 준 거야."

'하위가 주었다고?'

 파 리아는 믿지 않았어요. 하지만 쿠키를 먹어 보니 참 맛있었어요.

어쩌면 하위가 파 리아를 좋아하게 할 방법이 있을지도 몰라요.

'하위랑 캘리오프랑 친구가 될 수 있을지도 몰라.'

파 리아는 좋은 생각이 떠올랐어요.

좋은 생각

"1학년 때 배운 것을 얼마나 기억하는지 알아봅시다."

페너시 선생님은 칠판 가득히 뺄셈 문제를 적었어요.

"종이 맨 위에 이름을 적으세요. 그리고 이 문제들을 베껴 쓰고 풀어 보세요."

선생님은 책상에 앉았어요. 무척 바빠 보였어요.

파 리아는 공책에서 종이 한 장을 뜯어냈어요.
그리고는 주근깨가 난 생쥐가 쿠키를 먹는 그림을
그렸어요. 생쥐는 쿠키를 와작와작 먹었어요. 파 리
아는 종이를 반으로 접은 뒤
그 위에 '캘리오프'라고
썼어요.

파 리아는 종이를 한 장
더 꺼냈어요. 그리고는 갈래 머리를 한 생쥐가 쿠
키를 먹는 그림을 그렸어요. 그 생쥐
는 이렇게 말했어요.

"냠냠, 맛있어. 내 배가 고맙대."

파 리아는 그 종이도 반으
로 접었어요. 그리고는 '하워
디나'라고 썼지요.

파 리아는 몸을 돌려 쪽지들을 캘리오프에게 몰
래 건네주었어요. 캘리오프도 쪽지 하나를 하위에

게 건네주었지요.

종이가 부스럭거리는 소리가
났어요. 커다란 웃음소리가
들렸어요. 하위의 웃음소리
였어요.

페너시 선생님이 물었어요.

"하워디나, 무슨 재미있는 일이라
도 있니? 우리도 같이 알면 안 될
까?"

그러자 개구쟁이 스턴이 끼
어들었어요.

"보나 마나 거울을 봤겠죠."

다시 종이가 부스럭거리는 소리가
들렸어요. 쿡쿡 조그맣게 웃음소리
가 났어요. 이번에도 선생님이
웃음소리를 듣고 말았어요.

"캘리오프, 뭐가 그렇게 재미있는지 말해 줄 수 있니?"

2학년 1반 교실이 조용해졌어요.

쿵, 쿵, 쿵.

파 리아는 심장 뛰는 소리가 들리는 것 같았어요. 하위와 캘리오프가 웃어서 선생님이 화가 났어요.

쿵, 쿵, 쿵.

하위와 캘리오프는 쿠키를 주었다가 파 리아 때문에 곤란해졌어요. 파 리아는 어떻게 할지 고민했어요.

선생님이 다시 물었어요.

"뭐가 그렇게 재미있는지 누가 말해 주겠어요?"

아무도 대답하지 않았어요.

쪽지는 안 돼요

파 리아는 배가 쿡쿡 쑤셨어요.

'선생님이 대답을 기다리시는데 어떻게 하지?'

파 리아가 쪽지 이야기를 하면 다 같이 혼이 날 거예요. 파 리아는 예전 학교에서는 말썽을 일으킨 적이 한 번도 없었어요.

'선생님이 엄마에게 전화하면 어떻게 하지?'

선생님이 파 리아가 있는 쪽으로 다가왔어요. 선

생님은 거대한 참나무처럼 우뚝 서 있었어요.

선생님이 물었어요.

"하워디나와 캘리오프,
일어나거라. 뭐가 그렇게
재미있는지 말해 주겠니?"

"선생님……."

파 리아의 목소리는 너무 작
아서 아무한테도 들리지 않았
어요.

'하워랑 캘리오프가 웃은 건 나 때문이라고 말
해야 돼. 그 애들 잘못이 아니야.'

파 리아는 좀 더 큰 소리로 말했어요.

"선생님."

더 큰 소리로 말하라고 거대한 파
도가 파 리아를 밀어붙이는 것 같
았어요. 금방이라도 바람이 큰 소

리로 울부짖을 것 같았어요.

선생님이 물었어요.

"그래, 파 리아. 무슨 일이지?"

"제가 하워디나랑 캘리오프한테 쪽지를 건넸어
요."

파 리아는 떨리는 목소리로 크게 말했어요. 그러
고는 자리에서 일어났어요.

"제가 우스운 그림을 그렸어요.
제 그림을 보고 웃은 거예요."

선생님이 파 리아의 눈을 들여다
보았어요.

"잭슨 마그넷 초등학교 2학년들
은 수업 시간에 쪽지를 돌리면 안
돼. 다들 알겠니?"

파 리아가 대답했어요.

"네, 선생님. 죄송해요."

선생님은 캘리오프를 보았어요.

캘리오프도 대답했어요.

"네, 선생님. 죄송해요."

선생님은 하위를 보았어요.

"네, 선생님. 죄송해요."

하위도 사과했어요.

선생님이 말했어요.

"이제 다 앉아도 좋다."

파 리아와 캘리오프와 하위는 자리에 앉았어요.

파 리아는 얼굴이 새빨개지고 불에 덴 듯 화끈거렸어요.

캘리오프가 콜록콜록 기침을 했어요.

하위가 앉은 의자가 삐거덕거렸어요.

개구쟁이 스턴은 방귀를 뿡 뀌었지요.

드디어 수업 끝나는 종이 울렸어요.

친구들

파 리아는 교실 밖으로 뛰쳐나갔어요. 어디론가 숨고만 싶었어요. 파 리아 때문에 선생님이 화가 났어요. 캘리오프와 하위가 혼날 뻔했고요. 이제 그 애들하고는 절대로 친구가 되지 못할 거예요.

'이 학교에서는 앞으로 친구를 사귀지 못할 거야.'

다들 파 리아를 매튜 스턴하고 똑같은 개구쟁이

라 여길 거예요. 개학 첫날부터 쪽지를 돌리고 다른
아이들을 혼나게 하는 짓은 개구쟁이나 하니까요.
아무도 그런 아이하고는 친구
가 되고 싶지 않을 거예요.

　파 리아는 되도록 빨리 계단
을 뛰어 내려갔어요. 하위를
보기가 겁났어요. 캘리오프
를 보기가 겁났어요.

　'그 애들이 나를 보고 뭐라고 할까?'

그때 자박자박 발소리가
났어요. 따뜻한 손이 파 리
아의 왼손을 잡았고, 서늘
한 손이 파 리아의 오른
손을 잡았어요.

　하위가 말했어요.

"멋지더라, 파 리아. 용감하기도 하고. 일어나서 사실대로 말하다니, 정말 용감했어."
캘리오프가 말했어요.
"하위 말이 맞아. 그리고 네 그림은 진짜 재미있었어."

파 리아는 싱긋 웃었어요. 하위와 캘리오프는 화를 내지 않았어요. 오히려 파 리아더러 용감하다고 해 주었어요. 그림도 재미있다고 했고요. 하위와 캘리오프는 파 리아를 좋아하는 거예요!

파 리아가 말했어요.
"쿠키 고마워, 하위디나."
하위는 곰 인형처럼 따뜻하게 활짝 웃어 주었어요.
"하위라고 불러. 쿠키는 내일

용감한
파 리아

더 갖다 줄게."

파 리아와 하위는 함께
노래를 불렀어요.

"냠냠, 맛있다, 냠냠, 맛
있다. 내 배가 고맙대."

캘리오프가 말했어요.

"그 노래 마음에 든다. 내일은 어떤 쿠키를 가져
올 거야?"

하위가 말했어요.

"노란 버터 쿠키."

캘리오프와 하위는 계속 재잘
거리며 걸어갔어요.

파 리아는 걸음을 멈추고 학교를
올려다보았어요. 그러고는 아침에 있었던 일을 생

각했어요. 오빠가 파
리아를 혼자 두고 가
버렸지만 캘리오프를
만났어요. 수학 시
간에 쪽지를 돌리
다가 선생님한테
혼날 뻔했어요. 하
지만 선생님한테 사
실대로 털어놓았고,
이제 하위와 캘리오프
는 파 리아가 용감하다고
생각해요. 파 리아는 정말로 용감해진 느낌이 들었
어요.

파 리아는 커다란 붉은 벽돌 건물을 뚫어지게 바
라보았어요. 복도는 넓고 아이들이 떠드는 소리가
시끌벅적했지만 더 이상 무섭지 않았어요.

파 리아가 소리쳤어요.
"하위! 캘리오프! 같이 가!"

끝

 # 작가의 말

　잭슨 마그넷 초등학교는 실제로 있는 학교입니다. 미네소타 주 세인트폴의 프로그타운이라는 동네에 자리 잡고 있지요. 세인트폴에 사는 아이들이 잭슨 마그넷 초등학교에 다닙니다. 아이들은 저마다 피부 색깔과 문화적 배경이 다릅니다. 쓰는 말도 모두 다르지요. 우리 아이들은 그 학교에 다니며 태국, 캄보디아, 라오스, 멕시코, 소말리아에서 태어난 친구들과 사귀었습니다. 그 친구들은 경쾌한 말투로 말하고 먼 곳에서 전해 오는 이야기와 노래를 알고 있습니다. 그러니 이 학교는 작은 유엔이라고 할 만합니다.

　잭슨 마그넷 초등학교는 내가 유치원부터 중학교까지 다녔던 뉴욕 트로이의 학교와 무척 다릅니다. 그 학교에 다녔던 아이들은 모두 그 지역에서 태어났습니다. 아이들은 대부분 피부색이 하얗거나 햇볕에 그을린 색깔이었지요. 다들 미국 어딘가에서 태어난 아이들이었습니다.

나와 똑같은 아이들이 있는 학교만 다닌 탓인지 전혀 다르게 살아온 아이들이 나오는 책을 읽으면 즐겁습니다. 그래서 잭슨 마그넷 초등학교의 학생들과 선생님들을 알게 되었을 때 어린이를 위한 이야기를 써야겠다고 마음먹었답니다.

잭슨 마그넷 초등학교는 바로 여러분의 학교일지도 모릅니다. 파 리아와 캘리오프와 하위는 여러분의 가장 친한 친구와 닮았을지도 모릅니다. 매튜 스턴 같은 못 말리는 개구쟁이도 있을지 모릅니다. 없을 수도 있고요. 사실 그것은 중요하지 않습니다. 책장을 펼치면 여러분도 페너시 선생님의 반이 된 듯한 기분이 들기를 바랍니다. 2학년 1반에 오신 것을 환영합니다.

여러분과 만나게 되어 기쁩니다.

이 책에 나오는 친구들

❀ 파 리아 방 ❀

나비와 생쥐 그리기를 좋아하고,
옆으로 재주넘는 법을 배우고 있어요.
가장 좋아하는 음식 : 국수

파 리아 방은 잭슨 마그넷 초등학교에 전학
온 베트남 여자 아이예요. 할머니와 베트남 전통
천을 짜며 배운 바느질 솜씨가 으뜸이랍니다.

❁ 캘리오프 터닙시드 제임스 ❁

수학 공부를 좋아하고,
뜨개질을 배우고 있어요.
가장 좋아하는 음식 : 초콜릿 과자

캘리오프는 금발 머리에 주근깨가 얼굴 가
득히 있지요. 처음 보는 친구에게도 다정하
게 말을 거는 상냥한 친구랍니다.

★ 하워디나 제럴디나 폴리나 ★ 맥시나 가디니어 스미스

10단 변속 자전거가 있고,
기어를 모두 사용하는 법을 배우고 있어요.
가장 좋아하는 음식 : 고구마 파이

하위는 꼭 안아 주고 싶은 곰 인형처럼 귀여운 친구예요. 예쁘게 꾸미기를 좋아하고, 가수가 되는 것이 꿈이랍니다.

ꙮ 매튜 '개구쟁이' 스턴 ꙮ

'해럴드'라는 박제 고슴도치를 키우고,
손을 놓고 자전거를 탈 줄 알아요.
가장 좋아하는 음식 : 카우보이 구운 콩

'2학년 모두의 적'이라고 불리는 스턴은 짓궂은 장난을 참 좋아해요. 하지만 친구가 슬퍼할 때면 즐겁게 달래 주기도 하는 아이랍니다.

옮긴이의 말

개학 날이면 언제나 가슴이 설레면서도 두렵습니다. 선생님은 왠지 무서워 보이고 반 친구들도 어렵게 느껴지지요. 학년만 바뀌어도 모든 일이 낯설고 두려운데, 아예 다른 학교로 전학을 온 파 리아는 얼마나 겁이 나겠어요. 새 학교가 두려운 마음이 절로 이해가 되지요?

새로운 환경과 사람을 만나는 일은 언제나 두렵고 걱정스럽습니다. 하지만 새로운 환경에 조금 익숙해지고 나면 그때는 왜 그랬나 싶을 거예요.

파 리아가 새 학교에 잘 적응하고, 새 친구도 사귈 수 있었던 것은 스스로 용기를 냈기 때문이에요. 여러분도 새로운 친구를 만날 때는 용기를 내고 진심을 보여 주세요. 처음 보는 친구에게도 먼저 마음을 열 수 있는 사람이 되기를 바랍니다. 이 책에 나오는 친구들처럼 말이에요.

장미란